La fille du capitaine

FichesdeLecture.com

LA FILLE DU CAPITAINE (FICHE DE LECTURE)   4

I. INTRODUCTION

II. RÉSUMÉ DU ROMAN

III. PRÉSENTATION DES PERSONNAGES

Piotr Griniov

Maria Mironov

Le Capitaine Mironov

Iemelian Pougatchov (ou Pougatchev)

Chvabrine

Andréï Pétrovitch Griniov

Savélitch

La mère de Piotr

IV. AXES DE LECTURE

Le roman historique

Les visages de la révolte

L'écriture de Pouchkine

DANS LA MÊME COLLECTION EN NUMÉRIQUE   11

À PROPOS DE LA COLLECTION   15

La fille du capitaine
(Fiche de lecture)

I. INTRODUCTION

La Fille du Capitaine est un court roman écrit par Alexandre Pouchkine. Il est publié pour la première fois en 1836.

À la fois roman historique, d'initiation et d'aventure, l'ouvrage prend place dans les steppes désertiques de l'Oural, autour du personnage de Piotr et de son amour pour Maria, en pleine révolte cosaque.

Malgré sa brièveté, *La Fille du Capitaine* est considéré comme l'un des plus importants ouvrages de la littérature russe.

II. RÉSUMÉ DU ROMAN

Piotr (Pierre) Griniov est un jeune noble âgé de dix-sept ans. Nous sommes en 1773, et Catherine II est alors impératrice de la Russie. Piotr, accompagné de son précepteur Savélitch, doit rejoindre le fort de Bélogorsk pour y être officier. Le fort est très éloigné et isolé dans les steppes kirghizes désertiques.

Sur la route, Piotr essuie une importante tempête de neige et se perd ; il est sauvé par un vagabond, à qui il donne son manteau de fourrure de lièvre pour le remercier de son aide salutaire. Puis il arrive enfin au fort, qui se situe dans les environs d'Orenbourg. Les lieux ne sont pas très grands (il ne s'agit en fait que de quelques palissades de bois), et d'autant plus menacés qu'Iemelian Pougatchov, un chef cosaque qui se fait passer pour le tsar Pierre III (ancien époux de Catherine II), réunit ses rebelles pour prendre la petite ville d'assaut.

Entre-temps, Piotr Griniov vit dans le fort, mais il ne goûte pas vraiment les joies de la vie en garnison. Heureusement, sa rencontre avec Maria Ivanova, la fille du capitaine du fort, transforme son quotidien. Il tombe en effet amoureux d'elle et aimerait l'épouser ; toutefois, Chvabrine, un autre officier amoureux de Maria, le provoque en duel. Piotr est blessé.

Pendant sa convalescence, Maria lui avoue ses sentiments amoureux, et lui-même confesse qu'ils sont réciproques. Savélitch a toutefois pris l'initiative d'écrire au père de Piotr pour le tenir au courant du duel et de ses conséquences. Andrei Griniov, de rage, avertit son fils qu'il va venir lui-même lui remettre les idées en place.

Mais en octobre de la même année, Pougatchev le cosaque donne l'assaut avec ses troupes rebelles et parvient à prendre le fort. Malgré la défaite, Piotr a pu prouver sa valeur au combat aux yeux de Maria.

Le massacre est tel que le capitaine du fort est pendu et son épouse assassinée. Néanmoins, Griniov et Maria sont épargnés, car Savélitch intercède en leur faveur en rappelant à Pougatchov qui est Piotr...à savoir l'homme qui lui a remis le manteau de fourrure au début du roman. Une étrange amitié lie peu à peu le cosaque et Piotr ; mais le fait d'avoir été épargné lui vaut la haine et le mépris de ses semblables, qui le voient comme un traître.

Justement, Chvabrine est fait prisonnier par l'armée russe après avoir rejoint le camp des rebelles. Puisqu'il n'a plus rien à perdre, il accuse Griniov d'être un traître à son camp.

Pougatchov est défait, ce qui menace directement la vie de Piotr, accusé d'avoir rejoint l'ennemi. Mais Maria supplie la tsarine de ne pas le condamner ; Catherine l'écoute et finit par être convaincue de l'innocence de Piotr.

De plus, Maria conquiert le cœur des parents de Piotr, qui sont désormais d'accord avec leur liaison.

A la fin du roman, Piotr assiste à l'exécution de Pougatchov, à Moscou. Avant la mise à mort, les deux hommes échangent un dernier regard.

III. PRÉSENTATION DES PERSONNAGES

Piotr Griniov

Piotr est le personnage principal de l'histoire. C'est un jeune homme, puisqu'il n'a que 17 ans. Il est issu d'une famille noble campagnarde, c'est pourquoi lorsque son père l'envoie servir dans l'Oural, il devient directement officier. Savélitch l'accompagne dans ses aventures.

Pour Piotr, tout commence par ce cadeau de la pelisse de lièvre au vagabond en pleine tempête de neige ; si le don paraît inconsidéré, il lui sauvera la vie par la suite. On voit aussi par ce geste que Piotr est à la fois impulsif et généreux. Une fois au fort, la vie de garnison ne lui convient pas tellement, et il se laisse facilement aller à l'oisiveté, jusqu'à ce qu'il tombe amoureux de Maria. Piotr prend alors des airs de héros romantique, dont les sentiments seront exaltés au combat. Avant l'assaut, on le voit en train d'écrire des poèmes, tel un jeune adolescent transi d'amour.

Mais la violence des évènements le transforme et le révèle : il se montre courageux, mature et fidèle à ses convictions ; il parvient à être autonome et force secrètement l'admiration de Pougatchev. Au final, on peut parler de roman d'apprentissage autour de ce personnage.

Maria Mironov

Maria est l'héroïne du roman, une caractéristique qui n'apparaît pas immédiatement aux yeux du lecteur. En effet, elle met du temps à révéler sa véritable force, son caractère ; au départ, d'ailleurs, elle semble véritablement soumise à la situation qui lui est imposée, et à l'impossibilité de sa relation avec Piotr.

Mais peu à peu, on voit qu'elle est prête à se sacrifier face à Chvabrine, et n'hésitera pas à supplier Catherine II pour sauver son amant.

Le Capitaine Mironov

Mironov, le père de Maria, est le Capitaine du fort. Contrairement à Piotr, qui est noble, le capitaine n'est pas noble mais d'origine modeste. C'est un homme âgé, mais sa lassitude ne l'empêche pas de s'adapter aux rudes conditions dans lesquelles est établi le fort, et de savoir mener ses hommes. Lors de la bataille, il ne montrera pas de faiblesse, et sera courageux jusqu'à la mort et loyal à son devoir : « Mourons s'il faut mourir ; c'est notre service qui veut ça ! »(=

Iemelian Pougatchov (ou Pougatchev)

Pougatchov est un personnage complexe, peut-être même l'un des plus profonds de cette œuvre de Pouchkine.

Il apparaît pour la première fois aux yeux du lecteur et de Piotr sous l'apparence d'un vagabond inconnu qui offre son aide au jeune homme égaré. C'est un personnage directement inspiré de la réalité de l'histoire russe. Il était le leader d'une insurrection cosaque contre Catherine II ; mais alors que sa représentation traditionnelle en faisait un homme assoiffé de sang et presque fou, Pouchkine l'a rendu plus humain en le dotant d'une réelle complexité.

Le rebelle est sanguinaire, il est vrai. Mais il n'est pas dépourvu de ces qualités affectionnées par les hommes de son temps : honneur, souvenir (le don du manteau), fidélité à sa cause. C'est un homme rusé qui sait qu'il finira mal. Avec le temps, il développe une certaine amitié pour Piotr.

Il apparaît donc, dans la fiction, plus mystérieux que menaçant ou antipathique.

Chvabrine

Chvabrine est lui aussi officier dans le fort. Il est d'abord ami avec Piotr, avant de devenir son rival en amour, puis celui qui le trahit (ainsi que son propre camp).

En apparence, l'officier se donne des airs d'homme cultivé et fidèle à sa patrie. En réalité, nous apprenons qu'il a été envoyé au fort en raison d'un meurtre. Par la suite, une fois le fort aux mains des ennemis, Chvabrine se révèle être un traître, après avoir blessé Piotr par amour pour Maria et l'avoir accusé de trahison une fois arrêté. Il est clairement un antagoniste dans l'œuvre.

Andréï Pétrovitch Griniov

Le père de Piotr est noble et ancien officier, désormais à la retraite. Il incarne la figure paternelle russe d'autorité, et porte en lui des valeurs nationales, celles de l' « esprit russe » (dont une idée très haute de l'honneur), qui le poussent à intervenir pour remettre son fils dans le droit chemin.

Toujours dans cet esprit russe, Andreï est un patriote, ce qui joue dans le fait que son fils soit lui aussi officier, dans un environnement aussi difficile et rude que le fort où il est envoyé. Malgré sa rudesse, Andréï s'inquiètera de son fils et finira par accepter Maria à la fin de l'ouvrage.

La famille Griniov étant noble, elle possède des serfs à son service, à l'image du précepteur Savélitch.

Savélitch

Savélitch est présenté comme le précepteur qui accompagne Griniov. En réalité, c'est un serf, car à cette époque, le servage n'est pas encore aboli en Russie.

Savélitch est fidèle à son maître et à sa famille. Il est d'ailleurs très attaché au jeune Piotr et n'hésite pas à le conseiller ou à intercéder en sa faveur à plusieurs reprises.

La mère de Piotr

L'épouse d'Andreï incarne elle aussi une certaine image idéalisée de la femme russe de l'époque. Elle soutient son mari sans faire de vague, se montre aimante, protectrice et dévouée à sa famille.

IV. AXES DE LECTURE

Le roman historique

Pouchkine était un grand admirateur de Walter Scott, le « père » du roman historique (*Ivanhoé...*). Il en conseillait d'ailleurs souvent la lecture. G.Lukacs décrit ainsi la démarche du roman historique : l'œuvre « doit nous faire revivre les mobiles sociaux et humains qui ont conduit les hommes à penser, sentir et agir comme ils l'ont fait dans la réalité historique ».

Dans *La Fille du Capitaine*, il est important de rappeler que l'histoire se base sur des évènements réels :

- l'insurrection cosaque derrière Pougatchov a bien eu lieu. D'ailleurs, Pouchkine a écrit un ouvrage d'histoire à ce sujet peu de temps avant.
- le personnage de Pougatchev lui-même est une figure bien connue de l'histoire russe, même si sa représentation réelle et historique en fait un personnage plus sanguinaire et dépourvu d'humanité que son double fictionnel dans l'œuvre de Pouchkine.

- on retrouve dans *La Fille du Capitaine* des éléments propres à l'histoire de la Russie à cette époque, depuis le pouvoir aux classes sociales : Catherine II, le fait que des rebelles se fassent passer pour des anciens tsars, un système social bien établi entre les personnages (militaires, officiers, serfs, nobles, impératrice, etc.) ; géographiquement parlant, les paysages et distances, ainsi que le climat, sont extrêmement bien décrits par Pouchkine.
- on voit bien le mouvement d'extension de l'Empire Russe vers l'Est à cette époque.

Pour parvenir à ce résultat, Pouchkine a mené de nombreuses recherches sur cet épisode de la révolte de Pougatchov. Mais après avoir délaissé un pur document historique, il a préféré travailler sur un développement romanesque basé sur la réalité des faits historiques qu'il avait étudiés.

Il ne faut donc pas lire le roman comme un ouvrage historique, mais bien comme un roman historique.

Les visages de la révolte

La révolte est à la fois représentée physiquement et symboliquement dans ce roman :

- Au niveau historique et « réel », Pougatchov incarne la rébellion contre l'Empire. Mais il pressent déjà que sa révolte le conduira à sa fin.
- Au niveau personnel, Piotr s'affirme de plus en plus, et ses rêves nous montrent qu'il se révolte plus ou moins consciemment contre son père et sa famille, comme s'il s'agissait d'une étape nécessaire à son initiation.

Cela permet de rappeler l'importance du rêve dans l'œuvre de Pouchkine, et dans le roman russe en général.

L'écriture de Pouchkine

La force de l'écrivain est mêler plusieurs genres et plusieurs niveaux d'écriture. Ainsi, *La Fille du Capitaine* est à la fois un roman historique, un roman d'aventures et un roman d'apprentissage.

L'une des finalités de Pouchkine est de lier la dimension romanesque à un regard réaliste : il se permet même parfois de s'adresser au lecteur par des interventions métatextuelles : « le lecteur le verra dans le chapitre suivant »…

Sur le plan de l'expression elle-même, Pouchkine a mélangé les voix, tout en nous donnant le déroulement des faits à travers les yeux du jeune narrateur. Tout cela se fait dans une grande simplicité d'écriture, au point que Gogol déclarera de l'œuvre : « La pureté et l'absence d'artifice, sont poussées dans ce roman à un tel degré que c'est la réalité elle-même qui semble à côté artificielle et caricaturale. Pour la première fois on voit apparaître des caractères authentiquement russes : un simple commandant de fort, sa femme, un lieutenant, le fort lui-même avec son unique canon, l'absurdité de l'époque et la simple grandeur des gens simples, tout cela est non seulement la vérité vraie, mais pour ainsi dire mieux que la vérité ».

Dans la même collection en numérique

Les Misérables

Le messager d'Athènes

Candide

L'Etranger

Rhinocéros

Antigone

Le père Goriot

La Peste

Balzac et la petite tailleuse chinoise

Le Roi Arthur

L'Avare

Pierre et Jean

L'Homme qui a séduit le soleil

Alcools

L'Affaire Caïus

La gloire de mon père

L'Ordinatueur

Le médecin malgré lui

La rivière à l'envers - Tomek

Le Journal d'Anne Frank

Le monde perdu

Le royaume de Kensuké

Un Sac De Billes

Baby-sitter blues

Le fantôme de maître Guillemin

Trois contes

Kamo, l'agence Babel

Le Garçon en pyjama rayé

Les Contemplations

Escadrille 80

Inconnu à cette adresse

La controverse de Valladolid

Les Vilains petits canards

Une partie de campagne

Cahier d'un retour au pays natal

Dora Bruder

L'Enfant et la rivière

Moderato Cantabile

Alice au pays des merveilles

Le faucon déniché

Une vie

Chronique des Indiens Guayaki

Je voudrais que quelqu'un m'attende quelque part

La nuit de Valognes

Œdipe

Disparition Programmée

Education européenne

L'auberge rouge

L'Illiade

Le voyage de Monsieur Perrichon

Lucrèce Borgia

Paul et Virginie

Ursule Mirouët

Discours sur les fondements de l'inégalité

L'adversaire

La petite Fadette

La prochaine fois

Le blé en herbe

Le Mystère de la Chambre Jaune

Les Hauts des Hurlevent

Les perses

Mondo et autres histoires

Vingt mille lieues sous les mers

99 francs

Arria Marcella

Chante Luna

Emile, ou de l'éducation

Histoires extraordinaires

L'homme invisible

La bibliothécaire

La cicatrice

La croix des pauvres

La fille du capitaine

Le Crime de l'Orient-Express

Le Faucon malté

Le hussard sur le toit

Le Livre dont vous êtes la victime

Les cinq écus de Bretagne

No pasarán, le jeu

Quand j'avais cinq ans je m'ai tué

Si tu veux être mon amie

Tristan et Iseult

Une bouteille dans la mer de Gaza

Cent ans de solitude

Contes à l'envers

Contes et nouvelles en vers

Dalva

Jean de Florette

L'homme qui voulait être heureux

L'île mystérieuse

La Dame aux camélias

La petite sirène

La planète des singes

La Religieuse

À propos de la collection

La série FichesdeLecture.com offre des contenus éducatifs aux étudiants et aux professeurs tels que : des résumés, des analyses littéraires, des questionnaires et des commentaires sur la littérature moderne et classique. Nos documents sont prévus comme des compléments à la lecture des oeuvres originales et aide les étudiants à comprendre la littérature.

Fondé en 2001, notre site FichesdeLectures.com s'est développé très rapidement et propose désormais plus de 2500 documents directement téléchargeables en ligne, devenant ainsi le premier site d'analyses littéraires en ligne de langue française.

FichesdeLecture est partenaire du Ministère de l'Education du Luxembourg depuis 2009.

Plus d'informations sur www.fichesdelecture.com

ISBN: 978-2-511-03003-5

Notes :